Analyse de l'œuvre

Par Marine Everard
et Johanna Biehler

Un roi sans divertissement

de Jean Giono

lePetitLittéraire.fr

Rendez-vous sur lepetitlitteraire.fr et découvrez :

Plus de 1200 analyses
Claires et synthétiques
Téléchargeables en 30 secondes
À imprimer chez soi

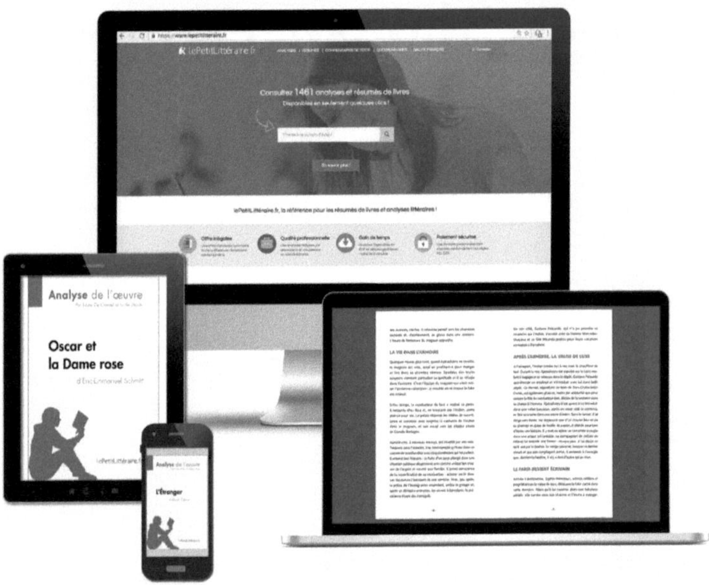

JEAN GIONO

ÉCRIVAIN FRANÇAIS

- **Né en 1895 à Manosque (Alpes-de-Haute-Provence)**
- **Décédé en 1970 dans la même ville**
- **Quelques-unes de ses œuvres :**
  - *Le Chant du monde* (1934), roman
  - *Les Âmes fortes* (1949), roman
  - *Le Hussard sur le toit* (1951), roman

Jean Giono est un écrivain et cinéaste français. Mobilisé en 1914 et profondément choqué par son expérience de la guerre, il devient un pacifiste convaincu. En raison de son activisme antiguerre, il est arrêté une première fois en 1939. En 1942, bien qu'il ne prenne pas parti pour l'occupant, il publie néanmoins, sous la forme d'un feuilleton, son roman *Deux cavaliers de l'orage* dans un hebdomadaire vichyssois. Ce qui lui vaut, en 1944, d'être accusé à tort de collaboration. Ces épreuves entament sa réputation et pèsent sur la suite de ses écrits.

Son œuvre romanesque est notamment marquée par un humanisme profond, par le culte de la nature et de la vie rurale, ainsi que par la guerre. Aussi Giono place-t-il tour à tour l'homme et la nature au cœur de sa réflexion.

UN ROI SANS DIVERTISSEMENT

DE LA CHRONIQUE HISTORIQUE AU ROMAN POLICIER

- **Genre :** roman
- **Édition de référence :** *Un roi sans divertissement*, Paris, Gallimard, coll. « Folio », 1948, 256 p.
- **1re édition :** 1947
- **Thématiques :** mal, ennui, cruauté, suicide

Un roi sans divertissement est le premier roman que Jean Giono fait paraitre après la Seconde Guerre mondiale (1939-1945). Ce roman marque un tournant dans son œuvre. En effet, la noirceur et le pessimisme qui s'en dégagent contrastent avec le lyrisme humaniste et l'espérance sereine de ses livres précédents. Assombrie par la guerre et la prison, l'écriture de Giono adopte une nouvelle perspective.

Ancré dans les montagnes du Trièves (Isère), une région bien connue de l'auteur, ce roman est une réflexion sur le mal et l'ennui qui engendrent la cruauté. À la suite d'une série de disparitions qui bouleversent le quotidien d'un village de la région, le capitaine Langlois se lance à la poursuite du meurtrier, mais il finit par se suicider pour ne pas lui ressembler, après une vaine quête de divertissement.

RÉSUMÉ

En décembre 1843, la neige tombe en continu dans un paisible bourg des montagnes du Trièves. Lorsqu'une habitante, Marie Chazottes, disparait et que l'on tente d'enlever le jeune Ravanel, la panique s'empare aussitôt du village. Un mystérieux M. V. pourrait bien être le coupable.

L'HOMME SOUS LE HÊTRE

Bergues, un villageois, prend immédiatement en chasse le kidnappeur blessé en traquant ses traces de sang sur la neige, mais celles-ci finissent par se perdre dans les nuages. On retrouve par la suite un cochon couvert de sang, entaillé de toutes parts. La peur s'empare aussitôt du village. Cependant, le printemps arrive, puis l'été, sans qu'aucune autre disparition ne se produise.

Lors d'un orage, Frédéric II aperçoit un homme sous un magnifique hêtre se trouvant à côté de la scierie qu'il possède et l'invite à s'abriter chez lui. Comme il le découvrira des années plus tard, il s'agit en réalité du coupable des différents meurtres.

En hiver 1844, Bergues disparait à son tour. Le capitaine Langlois et ses hommes mènent l'enquête, organisant des rondes, des surveillances et un couvre-feu. Malgré cela, une troisième disparition se produit : Delphin-Jules semble lui aussi s'être volatilisé.

L'hiver suivant, Langlois revient et loge au café de la Route, tenu par Saucisse. Pour lui, les motivations du meurtrier sont claires : ce dernier cherche à se divertir.

Vers le mois de mars, surprenant un homme qui descend du hêtre, Frédéric II monte dans l'arbre et découvre le cadavre encore frais de Dorothée au-dessus de plusieurs squelettes. Il devient évident pour Frédéric II qu'il s'agit des restes des mystérieuses disparitions et qu'il y n'y a qu'un seul meurtrier, fasciné par les êtres en bonne santé, au sang « pur ». Il décide de suivre l'homme qui, à présent, marche d'un « pas de promenade » (p. 69) jusqu'au village de Chichiliane. Découvrant où il habite, il apprend également qu'il s'appelle M. V. Frédéric y conduit aussitôt Langlois, qui pénètre dans la maison. L'homme en ressort suivi de Langlois qui, après s'être mis apparemment d'accord avec l'homme, lui tire deux balles dans le ventre. Le capitaine rédige ensuite sa lettre de démission.

LA BATTUE AU LOUP

Au printemps 1846, Langlois, devenu commandant de louvèterie, emménage dans le village, accompagné de son cheval, pour lequel les habitants se prennent rapidement d'affection. Il rend notamment visite au curé, car il souhaite contempler l'ostensoir de l'église. L'hiver venu, il organise avec brio une grande battue au loup qui se transforme en une véritable cérémonie : le procureur général, Mme Tim et Saucisse y participent, installés dans des traineaux, et onze cors de chasse font la liaison entre les hommes, qui avancent avec « silence et solennité » (p. 129-130).

Lorsqu'ils aperçoivent le loup, ils le rabattent vers la falaise de Chalamont. Une fois l'animal acculé contre la falaise, Langlois l'abat de la même façon qu'il a tué M. V. : de deux balles dans le ventre. À la suite de la battue, une amitié nait entre Mme Tim, le procureur, Langlois et Saucisse.

Cinq mois plus tard, Langlois emmène les deux femmes chez une brodeuse élevant seule son petit garçon, qu'il soupçonne d'être la veuve de M. V. Cherchant un prétexte pour entrer chez cette femme, il leur demande de passer commande d'un trousseau. Craintive et méfiante comme « une biche poursuivie » (p. 173), la brodeuse les fait pénétrer dans une pièce sombre, encombrée de meubles et d'objets. Pendant que Mme Tim et Saucisse remplissent leur rôle, Langlois, tapi dans l'ombre, contemple le portrait d'un homme accroché au mur dont le visage lui semble familier. Et pour cause : il s'agit de M. V.

UNE DISTANCE RESPECTUEUSE

Malgré les efforts de Saucisse pour le divertir au rythme des activités quotidiennes et saisonnières des villageois, Langlois se replie de plus en plus sur lui-même. Mme Tim a alors l'idée d'organiser une grande fête dans son château de Saint-Baudille, en compagnie de ses enfants et de ses nombreux petits-enfants.

Elle invite Langlois qui s'y rend à cheval avec Saucisse, mais tous les convives se tiennent « à distance respectueuse » (p. 196 et 197) de lui. Saucisse fustige l'indifférence des villageois, de plus en plus distants, vis-à-vis du malêtre grandissant de Langlois. Mme Tim fait visiter la propriété à Saucisse : elle lui montre le théâtre, la grande salle et la chambre qu'elle a préparée pour Langlois. Persuadée que tout cela ne peut remédier au mal de ce dernier, Saucisse ponctue chaque lieu d'un « Tu peux courir » (p. 197, 198, 200, 202 et 203). Et elle a raison : Langlois joue le jeu, mais n'est pas dupe.

Deux mois plus tard, Langlois s'attèle à la construction d'une maison, le « *Bongalove* » (p. 144), avec un labyrinthe de buis dans le jardin. En hiver, il déclare à Saucisse qu'il a l'intention de se marier et la charge de lui trouver une femme. Lorsqu'elle apprend la nouvelle, Mme Tim accourt au village et les trois compères passent une soirée à régler les détails. Au printemps, Langlois emmène Saucisse à Grenoble (Isère) ; tout le passé de Saucisse (de chanteuse de théâtre et de prostituée) remonte. Ils dinent dans un grand restaurant et Langlois se montre plein d'attentions. Faisant jouer ses anciennes relations, Saucisse lui présente une cer-taine Delphine qui vient vivre dans le « *Bongalove* » avec lui.

UN HOMME PLEIN DE MISÈRES

Un soir de neige, en octobre, Langlois demande à Anselmie, une habitante du village, de lui tuer une oie, dont il fait couler le sang dans la neige. Il entre en contemplation et, au bout d'un long moment, s'en va fumer son cigare dans la nuit, comme à l'accoutumée, sous le regard de Saucisse et de Delphine. Cependant, ce soir-là, il ne fume pas un cigare, mais un bâton de dynamite : son suicide est comme un feu d'artifice.

Plus de vingt ans plus tard, Saucisse vit toujours avec Delphine dans le « *Bongalove* » ; les deux femmes s'entendent comme chien et chat. Le roman se clôt sur une citation en forme d'énigme : « Qui a dit : "*Un roi sans divertissement est un homme plein de misères*" ? » (p. 244)

ÉTUDE DES PERSONNAGES

LANGLOIS

Langlois est le protagoniste principal du roman, autour duquel gravitent tous les autres personnages. D'ailleurs, on ne le perçoit véritablement que par le biais de ces derniers (le lecteur n'a que peu, voire pas du tout accès à ses pensées). Il fait l'objet d'une description biaisée, lacunaire et subjective, ce qui lui confère un aspect mystérieux. On sait qu'il a « l'œil noir » et une « petite moustache », « très fine, très soyeuse et très souple » (p. 91).

Son personnage connait une évolution au fil du roman. Langlois est d'abord un capitaine de gendarmerie qui, en hiver 1844, enquête sur les disparitions dans le village. Il est bon vivant, affable et considéré comme un sauveur puisqu'il débarrasse le village de M. V. Lorsqu'il revient au printemps 1846, il a changé : devenu commandant de louvèterie, il se tient à distance des villageois. Il est élégant (il parade sur son cheval) et raffiné, presque dandy (il porte une « redingote de drap fin », p. 89). Il est également désigné comme un homme « austère » et « cassant » (p. 91).

Langlois est le roi sans divertissement évoqué dans le titre. C'est un roi en proie à l'ennui et une véritable cour s'organise autour de lui, essayant de le divertir. Mais aucun divertissement ne parvient à contrer sa fascination pour le meurtre ni à combler sa soif d'absolu : ainsi finit-il par se suicider en fumant un bâton de dynamite, donnant à sa mort une dimension cosmique et spectaculaire, triomphant du mal qui le ronge. Il est lui-même un divertissement pour les villageois (il est l'étranger, celui qui rompt les habitudes avec la cérémonie de la battue au loup, etc.), mais il suscite l'incompréhension (Anselmie relate l'épisode de la contemplation du sang de l'oie sur la neige sans y rien comprendre, ce qui met d'autant plus en relief la solitude de Langlois).

M. V.

M. V. est un personnage énigmatique. Meurtrier fasciné par le sang, il est aussi une victime puisqu'il est tué sommairement par Langlois, après ce qui semble être une négociation dont on ne connait pas les détails (M. V. voulait-il en finir pour ne plus être en proie à ses pulsions ? Ou sa mort est-elle un accomplissement retors, un passage de relais, dans la mesure où elle suscite la pulsion meurtrière de Langlois ?). On peut supposer qu'il était marié à la brodeuse. C'est un homme « dénaturé » (p. 33) lorsque Frédéric II le voit s'abriter sous le hêtre pendant l'orage et « un homme comme les autres » (p. 58) selon Langlois. Seul ce dernier semble le comprendre intimement (il n'y a d'ailleurs que lui qui voit le portrait caché dans l'ombre chez la brodeuse).

Lorsque Langlois le découvre, M. V. ne montre aucun signe de peur, ni volonté de s'enfuir. Il y a un M. V. tapi en chacun des personnages (et donc en chaque lecteur également), c'est-à-dire un désir de divertissement, pour contrer l'ennui, au risque de la cruauté et de la mort.

Au premier rang des personnages hantés par M. V., on retrouve Langlois. M. V. est également à mettre en relation avec le loup : il est abattu de la même façon par Langlois et était surnommé « le Monsieur » (p. 142), ce qui rappelle la première initiale de M. V. En outre, M. V. comme le loup laissent des traces et des signes qui sont comme des lettres d'un langage primitif et barbare.

LE HÊTRE

Le hêtre est un personnage à part entière dans le roman, en témoigne l'homonymie entre les mots « hêtre » et « être ». D'ailleurs, il fait l'objet d'une personnification (« Il est hors de doute qu'il se connaît et qu'il se juge », p. 9).

Il remplit tout d'abord une fonction dramatique. En effet, ainsi que l'explique Giono dans ses entretiens avec Jean Amrouche et Marguerite Taos, tout a commencé par le hêtre : « Le livre est parti parfaitement au hasard sans aucun personnage. Le personnage était l'Arbre, le Hêtre. » (Amrouche J. et Taos M., *Entretiens radiophoniques inédits avec Jean Giono (1952)*, Paris, Gallimard, 1990, p. 192) Le roman s'ouvre d'ailleurs sur sa présence sensible : « Il y a là un hêtre. » (p. 9) De plus, il s'agit d'un élément clé de l'intrigue puisqu'il est d'emblée associé à M. V. (« En 1843-44-45, M. V. se servit beaucoup de ce hêtre », p. 10) et que c'est grâce à l'arbre que M. V. est identifié.

Le hêtre est également un lieu d'action (montée de Frédéric II et descente des cadavres) et d'interaction (Frédéric II y rencontre M. V. lors de l'orage). Il est un fil conducteur qui apparait à divers moments du livre.

Ensuite, le hêtre remplit une fonction esthétique. Sa beauté est exceptionnelle et il est comparé à un dieu

(« l'Apollon-citharède des hêtres », p. 9). Pour le décrire, le narrateur utilise le registre laudatif, les superlatifs et le lexique de la beauté et de la grandeur. C'est un lieu de spectacle et de divertissement qui est admiré : « Apollon exactement, c'est ce qu'on se dit dès qu'on le voit et c'est ce qu'on se redit inlassablement quand on le regarde » (*ibid.*) ; « Les forêts, assises sur les gradins des montagnes, finissaient par le regarder en silence. » (p. 39) On dit aussi que sa « beauté hypnotisait comme [...] le sang des oies sauvages sur la neige » (*ibid.*).

Enfin, il remplit une fonction symbolique. Il est à la fois symbole de vie (abri lors de l'orage, lieu peuplé d'animaux et d'insectes) et de mort (rituel macabre de M. V. qui y cache les cadavres de ses victimes). La comparaison avec le sang des oies confirme ce mélange de beauté et de cruauté. De plus, le hêtre est souvent désigné comme étant « le hêtre de la scierie » (p. 38). Or il s'agit en quelque sorte d'une association oxymorique : l'(h)être vivant, l'arbre magnifique, est associé à la scierie, un lieu de mort et de destruction.

SAUCISSE

Saucisse assume plusieurs fonctions au sein du récit : elle est un personnage clé et une narratrice. Elle est à rapprocher à la fois des villageois (elle tient le café de la Route, bien qu'elle fut, avant cela, une chanteuse de théâtre et une prostituée à Grenoble) et des « amateurs d'âme » (p. 190). Cette dernière expression, que Giono réserve en réalité au procureur, désigne les êtres qui ont conscience des tourments et des pulsions qui agitent autrui, et qui sont curieux de la manière dont ce dernier les affronte. C'est en tant qu'amatrice d'âme que Saucisse est tour à tour l'amie, la complice et l'avocate de Langlois. Son témoignage est capital pour comprendre ce dernier.

Âgée d'une soixantaine d'années au début du roman et de 80 ans dans la dernière partie, elle fait l'objet de portraits grotesques, rendant compte d'une laideur extrême. Elle est très corpulente et masculine ; il lui arrive même de fumer le cigare. Mais elle est également capable de métamorphose et adopte les attitudes d'une vraie dame lors de la battue au loup. Elle confesse à demi-mot ressentir plus que de l'amitié pour Langlois qui lui témoigne en retour une affection particulière.

Mme TIM

Mme Tim est la châtelaine de Saint-Baudille et la mère de Cadiche, Arnaude et Mathilda. Elle est également entourée d'une horde de petits-enfants. Elle vient du Mexique, où elle a reçu une éducation religieuse. Bien qu'âgée, elle est belle et fraiche, ainsi que maternelle et fantaisiste. Elle a « l'âme pleine d'étangs et de verveines » et la « tête pleine d'oiseaux sauvages » (p. 172). Elle représente un divertissement par son exotisme.

LE PROCUREUR ROYAL

Le procureur royal est un ami de Langlois qui survient souvent à l'improviste dans le village. On ignore comment ils se sont rencontrés.

C'est lui qui fait nommer Langlois capitaine de louvèterie.

Physiquement, on sait qu'il a un ventre « qu'il porte comme un tambour » (deux occurrences, p. 102 et p. 125), mais qu'il reste agile et résistant (pendant la battue au loup).

Giono le décrit comme un « amateur d'âmes » et un « profond connaisseur du cœur humain » (p. 203).

LES VILLAGEOIS

Certains villageois jouent un rôle individuel important qui fait avancer l'action et la narration, mais, ensemble, ils jouent également un rôle collectif dans leur rapport avec Langlois et dans la constitution du cadre du roman.

LES VICTIMES

Les victimes de M. V. (Marie Chazottes, Delphin-Jules, Dorothée et Ravanel) ont été choisies pour la beauté de leur sang, soit parce qu'elles en ont en abondance, soit parce qu'il est d'une qualité supérieure. Les hommes sont « bourrés de sang » (p. 48) tandis que Marie Chazottes et Dorothée ont en commun leur peau très blanche.

BERGUES

Bergues est un braconnier. Il est le premier à donner la chasse à M. V. avant de disparaitre mystérieusement au début de l'hiver 1844. Cependant, il est différent des autres victimes, car il a été tué, pour ainsi dire, en connaissance de cause. En effet, après être revenu bredouille, mais « un peu excité » et « disant des choses bizarres » (p. 24) de sa traque, Bergues se sent par la suite comme attiré par quelque chose ou par quelqu'un, retourne sur ses pas et disparait. On ne retrouve de lui qu'une plaque de sang.

FRÉDÉRIC II

Frédéric, dit « II » du nom (car le prénom se transmet de père en fils), est le propriétaire de la scierie auprès de laquelle pousse le hêtre. C'est lui qui fait le lien entre l'étranger qui s'abrite sous l'arbre pendant un orage et la série de meurtres. Il suit l'homme à travers le brouillard et la forêt jusqu'au sommet de la montagne après avoir trouvé les cadavres, poussé par sa « curiosité terrible » (p. 64). Frédéric II parvient jusqu'au village de Chichiliane sans être vu par sa « proie », lui qui est devenu « renard » (p. 71), afin de repérer la maison de M. V. et de pouvoir renseigner Langlois sur l'identité du meurtrier. Lorsque Frédéric II traque M. V., Giono écrit qu'il n'est pas apeuré, mais « heureux d'une manière extraordinaire », comme « découvrant un nouveau monde » (p. 70).

DELPHINE

Delphine est une ancienne prostituée de Grenoble que Langlois prend pour épouse. Elle est censée lui apporter un divertissement, mais c'est un échec ; bien que jolie et accommodante, elle est caractérisée par la bêtise et ne parvient par conséquent pas à tirer Langlois de son ennui.

CLÉS DE LECTURE

GENÈSE DU ROMAN

Un roi sans divertissement est rédigé entre le 1ᵉʳ septembre 1946 et le 16 octobre 1946, à raison de trois pages par jour. Giono, à l'époque, est inscrit sur la liste noire du Comité national des écrivains (une organisation de « Résistance littéraire » créée par des écrivains) ; il est donc interdit de publication.

Son salut lui vient des États-Unis : alors qu'il est en prison, un éditeur lui offre une avance pour ses prochains textes. Giono se pose alors en homme pragmatique : « Je pourrais publier chaque année un petit roman court, ainsi écrit – style récit – avec des foules de renseignements. » (cité par SACOTTE M., « Un roi sans divertissement », in SACOTTE M. et LAURICHESSE J.-Y., *Dictionnaire Giono*, Paris, Classiques Garnier, coll. « Dictionnaires et synthèses », 2016, p. 931) *Un roi sans divertissement* est donc le premier d'une série que Giono considérait comme des romans alimentaires, une pause nécessaire dans la rédaction du *Hussard sur le toit*.

La première chronique ne sera pas publiée aux États-Unis, mais éditée par La Table ronde en 1947 puis par Gallimard l'année suivante. Paradoxalement, le fait d'envisager *Un roi sans divertissement* comme un texte sans véritable envergure donne une plus grande liberté de ton à son auteur qui n'hésite pas à aller plus loin dans l'exploration de certains sujets (comme la noirceur humaine et les passions destructrices), l'utilisation de genres littéraires différents et le recours à des expériences narratives qui font d'*Un roi sans divertissement* un roman hybride marquant un tournant dans l'œuvre de l'auteur.

UN ROMAN HYBRIDE

Le roman emprunte les caractéristiques de plusieurs genres différents. *Un roi sans divertissement* est la première des *Chroniques* de Jean Giono. Défini comme tel par l'auteur, il relève donc de la chronique, qui consiste par définition en un récit d'évènements historiques ou fictifs, relatés de façon chronologique. En effet, le roman s'étale sur vingt-cinq ans et fait l'exposé de faits divers spectaculaires et d'évènements qui bouleversent la vie quotidienne d'un village.

Cependant, il s'en éloigne aussi dans la mesure où le style est très riche, contrairement à la sobriété stylistique d'une chronique. Il y a ainsi une multiplicité de narrateurs au sein de cette première chronique (le groupe de vieillards, Saucisse, ainsi que plusieurs narrateurs anonymes). De plus, l'étude psychologique des personnages, notamment de Langlois, est très importante.

Un roi sans divertissement tient également du roman policier, en particulier dans sa première partie (celle qui couvre les années 1843-1845). En effet, on y trouve tous les éléments d'une intrigue policière : des victimes, un meurtrier désigné mystérieusement par les initiales M. V., un justicier issu de la police et du suspense. De plus, la « longue pipe en terre » (p. 44) de Langlois fait penser à celle de Sherlock Holmes. Cependant, à la différence des romans policiers, le justicier non seulement ne démasque pas lui-même le coupable au terme d'une fine enquête (puisque c'est Frédéric II qui découvre l'identité de l'assassin), mais encore, une fois démasqué, il ne le remet pas à la justice, mais le tue. De plus, la mort du coupable ne signifie pas la fin du roman, bien au contraire.

Jean Giono a également utilisé le terme d'opéra-bouffe (opéra qui mélange les genres dramatique et comique, avec une idée d'excès, de caricature et de bouffonnerie) pour caractériser *Un roi sans divertissement*. En effet, ici, les évènements et les thèmes tragiques côtoient des situations comiques ou burlesques. Par exemple :

- Delphin-Jules disparait alors qu'il était parti fumer sa pipe sur le fumier. Si la disparition en elle-même est dramatique, les circonstances sont, quant à elles, grotesques ;
- on constate également une diversité des registres. Ainsi, la magnifique description du hêtre en automne contraste avec les portraits presque affreux de La Martoune (une femme du village qui travaille à l'entretien de l'église et montre les vêtements sacerdotaux à Langlois), d'Anselmie ou de Saucisse, qui sont très divertissants (« Anselmie ! [...] tête de chèvre, des yeux de mammifère antédiluvien, une bouche en trait de scie et deux trous de narines tournés vers la pluie. Plus têtue qu'une mule ! Têtue comme une statue de mule », p. 47) ;
- enfin, l'auteur alterne les niveaux de langue pour un même personnage. Par exemple, le discours de Saucisse peut tantôt être très familier (« Je pense [...] que vous êtes la crème des abrutis et la fleur des imbéciles, avec vos têtes en forme de vide-poches, de crachoirs et de

pots de chambre. », p. 182), tantôt être élégant (« Mais, avec Langlois, il n'était pas nécessaire d'être belle, ni d'être jeune, ni d'être riche pour être quelqu'un ; il suffisait d'être avec lui. », p. 230).

DE MULTIPLES NARRATEURS

Il s'agit d'un récit à plusieurs voix, les récitants étant issus en majorité du groupe des villageois. On peut distinguer :

- le narrateur extérieur, anonyme, qui ouvre le roman et le clôt, tout en faisant parfois des apparitions au sein du récit (utilisation de la parenthèse) ;
- Frédéric II, qui narre sa filature de M. V., puis la scène de la mort de M. V. ;
- les vieillards (« À une certaine époque […], le banc de pierre, sous les tilleuls, était plein de vieillards qui savaient vieillir. Voilà ce qu'ils me dirent, tantôt l'un, tantôt l'autre », p. 86) ;
- Saucisse, qui est la narratrice de la dernière partie de l'œuvre, celle qui relate les évènements qui ont suivi la battue au loup ;
- Anselmie, qui raconte la contemplation par Langlois du sang des oies sur la neige avant qu'il ne se suicide.

La pluralité des narrateurs permet de renforcer le réalisme du roman, de multiplier les points de vue sur les évènements et le personnage de Langlois, d'alterner les niveaux de langue et de donner l'impression d'une enquête, d'une reconstitution à postériori de faits avérés. Ainsi, la narration est plus vivante et plus authentique. Chaque narrateur intervient en fonction de la relation qu'il a entretenue avec Langlois, Saucisse étant celle qui l'a le mieux connu. L'alternance des voix narratives a également pour conséquence d'égarer le lecteur dans les méandres de l'esprit de Langlois, d'offrir un récit lacunaire, original, qui conserve des parts d'ombre et qui en appelle donc à l'interprétation.

ENNUI ET DIVERTISSEMENT

Les thèmes de l'ennui et du divertissement présents dans le roman participent d'une réflexion sur la condition humaine. Le titre et la citation finale (« Qui a dit : "*Un roi sans divertissement est un homme plein de misères ?*" », p. 244) sont des références à Pascal (mathématicien, physicien et écrivain français, 1623-1662). À l'origine de la création du roman, on trouve donc les fragments 168 et 169 des *Pensées* (1670), qui sont consacrés au thème du divertissement.

Selon Pascal, l'ennui est inhérent à l'homme en raison de sa condition mortelle et il cherche à lui échapper par le divertissement. Dès lors, ce dernier est néfaste, car il détourne l'homme de lui-même, de la lucidité vis-à-vis de sa condition. Pour Pascal, seul Dieu peut apporter le salut. La figure du monarque est représentative à l'extrême de cette condition, car, malgré la puissance et le bonheur, il a une cour à son service pour le divertir.

Mais, à la différence de Pascal, Giono place résolument l'homme au cœur de sa réflexion (le roi, c'est Langlois, un homme *à priori* ordinaire) et laisse de côté la dimension religieuse. Le roman est donc l'illustration de cette quête de divertissement (incarnée par le personnage de Langlois principalement) qui s'illustre à travers diverses activités (parmi lesquelles la cérémonie de la battue au loup, la messe de Noël, la fête organisée par Mme Tim à Saint-Baudille, mais aussi la construction du « *Bongalove* » ou la volonté de se marier).

Ces évènements permettent à Langlois de maintenir son ennui à distance tout en lui offrant des substituts de meurtre (la battue). Langlois espère que cela aura le même effet sur le tueur. Pourtant, ces divertissements ne fonctionnent qu'un temps et Langlois finit par se marier afin d'avoir son propre dérivatif.

Delphine joue alors le rôle de fou du roi, mais elle est plus un amusement qu'une épouse. La mise en scène du rituel passe aussi par le soin accordé aux apparats (chasubles et ostensoirs de l'église) et aux costumes (les robes de Mme Tim et de Saucisse pour la battue au loup).

Quant au « Bongalove », construit sur une hauteur, il permet à Langlois de surveiller en permanence ces divertissements que sont pour lui les villageois et leur vie quotidienne tout en se maintenant à distance, comme cela convient à un roi. De plus, ce palais est entouré d'un labyrinthe (dont les méandres rappellent les tourments qui agitent l'âme du personnage) pour que Langlois puisse s'y promener, mais également pour empêcher les villageois de trop s'approcher et de tenter le propriétaire des lieux de se laisser aller à combattre son ennui par la cruauté. Il protège donc à la fois Langlois des habitants du village et les villageois de Langlois.

Cependant, seuls la cruauté et le meurtre sont à même de combattre l'ennui. Dès lors, Langlois se suicide pour ne pas y succomber, pour ne pas devenir M. V., en un ultime spectacle.

LE MOTIF DU SANG SUR LA NEIGE

Le motif du sang sur la neige fait intervenir un intertexte dans l'œuvre, celui de Perceval pétrifié devant le sang des oies sauvages sur la neige dans *Perceval ou le Conte du Graal* (avant 1190) de Chrétien de Troyes (poète français, vers 1135 - vers 1183), car cela lui rappelle le rose sur les joues de sa bienaimée et symbolise la chasteté de leur amour.

Mais le contraste du rouge sang (dérivé rose) sur le blanc parcourt en réalité l'ensemble de l'œuvre :

- lors de la description du village en hiver (« l'ombre des fenêtres, le papillonnement de la neige qui tombe l'éclaircit et la rend d'un rose sang frais… », p. 15) ;
- lors de la découverte du cochon entaillé par M. V. (« Ravanel frottait la bête avec de la neige et, sur la peau un instant nettoyée, on voyait le suintement du sang réapparaître et dessiner comme les lettres d'un langage barbare, inconnu », p. 22) ;
- lorsque Bergues suit les traces de M. V. dans la neige (« L'homme était blessé. C'était du sang en gouttes, très frais, pur, sur la neige », p. 23) ;
- lorsque Bergues, soul, se laisse aller aux confidences : « "Le sang, le sang sur la neige, très propre, rouge et blanc, c'était très beau". (Je pense à Perceval hypnotisé,

endormi ; opium ? Quoi ? Tabac ? aspirine du siècle de l'aviateur-bourgeois hypnotisé par le sang des oies sauvages sur la neige.) » (p. 25) ;
- lors de la description du hêtre en automne (« Cette virtuosité de beauté hypnotisait comme l'œil des serpents ou le sang des oies sauvages sur la neige », p. 39), etc.

Cette vision du sang sur la neige a un pouvoir hypnotique et exerce une fascination étrange sur les personnages. Elle fonde la symbolique de l'ennui et du divertissement. L'hiver est la saison dominante dans le roman, sur laquelle il s'ouvre et s'achève, la saison de l'ennui, et la neige symbolise la monotonie de la vie, l'uniformité des paysages, tandis que le sang est symbole de divertissement, de cruauté. Ce motif représente le divertissement absolu ; c'est la dernière étape avant le meurtre.

Langlois fait décapiter une oie et s'abime dans la contemplation de son sang sur la neige juste avant de se suicider, afin de résister à son désir de meurtre. Cela met en relief le fait que la fascination pour la cruauté contamine l'univers entier et concerne aussi bien le règne animal (le loup) que le monde naturel (Giono fait du phénomène naturel de l'automne, qui transforme le hêtre, un processus barbare et cruel qui rappelle les cérémonies aztèques), de façon inéluctable.

LE SYMBOLE DU LOUP

Giono étant très attaché à la nature et à la vie paysanne, il n'est pas étonnant que son œuvre comporte de nombreuses mentions d'animaux. Dans *Un roi sans divertissement*, le loup occupe une place centrale dans l'évocation des thèmes de la mort et du sang. Cela devient évident lors de l'épisode de la battue. Celle-ci se déroule après qu'un loup a blessé ou tué plusieurs animaux de ferme. Cet évènement rappelle le cochon blessé par M. V. évoqué plus tôt dans le roman. Ainsi le comportement de l'homme le rapproche de l'animal déviant, celui qui tue pour le plaisir, pour combattre le désœuvrement.

Dans son article consacré à la figure du loup, Alain Romestaing remarque tout de suite cette analogie : « Le loup gionien menace beaucoup moins le mouton ou l'agneau que l'homme, et souvent c'est un homme. *Un roi sans divertissement* prépare soigneusement de confuses concordances. » (« Loup », in *Dictionnaire Giono, op. cit.*, p. 540) Au moment des premiers meurtres, sans aucune piste, les habitants vont jusqu'à penser à un loup-garou (qui, le jour, mène une vie normale, mais, au petit matin ou la nuit, guette ses proies, les enlève, les saigne).

La battue est l'occasion de s'avancer dans le territoire du loup et d'explorer les recoins les plus méconnus de la région. Cette recherche de l'animal pousse les participants à réfléchir à leur propre animalité, à leurs remords et leurs regrets. Le bon sens qui caractérise les hommes proches de la terre les rattrape rapidement, car, après tout, les zones d'ombre, « qui n'en a pas en lui-même ? [...] On s'arrange toujours avec soi-même ; on passe sur bien des choses » (p. 127).

Les hommes se pardonnent, à l'exception de Langlois : comme le loup ne peut pas s'arrêter de tuer, car c'est sa nature, Langlois sait que cette fascination pour le sang fait partie de lui. Ce rapprochement est facilité par le fait que le loup est surnommé « Monsieur », un nom qui le lie au premier meurtrier, M. V. Ces mystérieuses initiales permettent au lecteur de projeter une certaine idée de l'Homme sur ce personnage. Mireille Sacotte indique qu'il s'agit de « l'Homme en général qui, dans certaines conditions, s'ennuie et cherche des moyens de se passionner, puis trouve cela au bout de sa quête, tuer avec plaisir [...] Et celui qui a mis ses pas dans les siens et lui a offert fraternellement de l'exécuter en sera contaminé » (« M. V. », in *Dictionnaire Giono*, *op. cit.*, p. 624). Les rois sans divertissement du roman sont ainsi tous liés.

ENTRE NATURE ET ÉCRITURE

Dans l'ensemble de son œuvre, Jean Giono donne une importance capitale à la nature, qu'elle soit humaine, animale ou végétale, ainsi qu'aux points communs que l'on peut trouver entre l'Homme et la Nature. Dans *Un roi sans divertissement*, le sang sur la neige et la fascination qu'il peut exercer sur certains personnages, comme Langlois, est une façon de rappeler que ce liquide a la même couleur chez les animaux et chez les hommes, et que le faire couler sans nécessité est une aberration aux yeux d'un auteur qui célèbre la vie.

Giono a connu la guerre et sa violence, qu'il symbolise à travers l'écriture : « La violence doit apparaître dans le paysage de neige *comme l'écriture sur la page blanche*. » (Bem J., « Violence et écriture dans "Un roi sans divertissement" », in *Littérature*, n° 4, 1978, p. 59) Jeanne Bem rappelle d'ailleurs dans son article que le premier titre envisagé par Giono était

Monsieur V., histoire d'hiver. Il devient alors évident que l'auteur associe étroitement violence (M. V.), écriture (histoire) et paysage de neige (hiver).

Ainsi, les blessures que laissent M. V. ou le loup sont autant de « lettres d'un langage barbare, inconnu » (p. 22). L'écriture ou, pour le dire d'une façon plus primitive, la trace, est un moyen, pour ces rois sans divertissement, de se reconnaitre, de faire passer un message. Mais quel peut-il être ?

Sylvie Vignes suggère que les traces sont une allégorie de l'écriture, « un barrage contre le vide » (citée par CASTIGLIONE A., « Neige », in *Dictionnaire Giono, op. cit.*, p. 643). Ce vide qui attire, c'est la cruauté, et l'écriture est alors le divertissement nécessaire, ce qui détourne de ce vide.

Peut-on alors en déduire que l'auteur, dont l'activité créatrice passe par l'écriture, est un roi avec divertissement par excellence ? À moins que le roi soit présent dans le roman comme celui qui n'a aucunement besoin de divertissement : le simple cycle des saisons suffit au hêtre, qui devient même « un dieu » (p. 32) au printemps.

Jean Giono signera lui-même l'adaptation pour le cinéma de ce petit roman alimentaire écrit en moins de deux mois et prêtera même sa voix à l'assassin.

PISTES DE RÉFLEXION

QUELQUES QUESTIONS POUR APPROFONDIR SA RÉFLEXION...

- En quoi *Un roi sans divertissement* se joue-t-il du genre du roman policier ?
- Un critique a dit que l'écriture d'*Un roi sans divertissement* « oscille entre fantaisie et monstruosité ». Qu'en pensez-vous ?
- Pourquoi peut-on parler de puzzle à propos d'*Un roi sans divertissement* ?
- Quelles relations existent entre M. V., le loup et Langlois ?
- Commentez le titre et la dernière phrase du roman.
- Expliquez les motifs du sang et de la neige dans le roman de Giono.
- Quelle est l'importance des saisons dans le roman ?
- Dans l'adaptation cinématographique de l'œuvre, le procureur dit que « tout le monde se reconnaît dans l'assassin ». Pensez-vous que cette affirmation s'applique à tous les personnages d'*Un roi sans divertissement* ?
- Comparez l'œuvre de Giono avec son adaptation cinématographique.
- À votre avis, pourquoi Jean Giono accorde-t-il une telle importance à la géographie des lieux dans *Un roi sans divertissement* ?

Votre avis nous intéresse !
Laissez un commentaire sur le site de votre librairie en ligne
et partagez vos coups de cœur sur les réseaux sociaux !

POUR ALLER PLUS LOIN

ÉDITION DE RÉFÉRENCE

- GIONO J., *Un roi sans divertissement*, Paris, Gallimard, coll. « Folio », 1947.

ÉTUDES DE RÉFÉRENCE

- AMROUCHE J. et TAOS M., *Entretiens radiophoniques inédits avec Jean Giono (1952)*, Paris, Gallimard, 1990.
- BEM J., « Violence et Écriture dans "Un roi sans divertissement" », in *Littérature*, vol. 32, n° 4, 1978, p. 55-65.
- ROMESTAING A., « Loup », in *Dictionnaire Giono* (sous la direction de SACOTTE M. et LAURICHESSE J.-Y.), Paris, Classiques Garnier, coll. « Dictionnaires et synthèses », 2016, p. 540-541.
- SACOTTE M., « M. V. », in *Dictionnaire Giono, op. cit.*, p. 623-624.
- SACOTTE M., « Un roi sans divertissement », in *Dictionnaire Giono, op. cit.*, p. 931-934.
- SACOTTE M., Un roi sans divertissement *de Jean Giono*, Paris, Gallimard, 1995.

ADAPTATION

- *Un roi sans divertissement*, film de François Leterrier à partir d'un scénario de Jean Giono, avec Claude Giraud, Colette Renard et Charles Vanel, France, 1963.

SUR LEPETITLITTÉRAIRE.FR

- Fiche de lecture sur *Le Chant du monde* de Jean Giono.
- Fiche de lecture sur *Le Grand Troupeau* de Jean Giono.
- Fiche de lecture sur *Le Hussard sur le toit* de Jean Giono.
- Fiche de lecture sur *Les Âmes fortes* de Jean Giono.
- Fiche de lecture sur *L'Homme qui plantait des arbres* de Jean Giono.

Retrouvez notre offre complète sur lePetitLittéraire.fr

- des fiches de lectures
- des commentaires littéraires
- des questionnaires de lecture
- des résumés

ANOUILH
- Antigone

AUSTEN
- Orgueil et Préjugés

BALZAC
- Eugénie Grandet
- Le Père Goriot
- Illusions perdues

BARJAVEL
- La Nuit des temps

BEAUMARCHAIS
- Le Mariage de Figaro

BECKETT
- En attendant Godot

BRETON
- Nadja

CAMUS
- La Peste
- Les Justes
- L'Étranger

CARRÈRE
- Limonov

CÉLINE
- Voyage au bout de la nuit

CERVANTÈS
- Don Quichotte de la Manche

CHATEAUBRIAND
- Mémoires d'outre-tombe

CHODERLOS DE LACLOS
- Les Liaisons dangereuses

CHRÉTIEN DE TROYES
- Yvain ou le Chevalier au lion

CHRISTIE
- Dix Petits Nègres

CLAUDEL
- La Petite Fille de Monsieur Linh
- Le Rapport de Brodeck

COELHO
- L'Alchimiste

CONAN DOYLE
- Le Chien des Baskerville

DAI SIJIE
- Balzac et la Petite Tailleuse chinoise

DE GAULLE
- Mémoires de guerre III. Le Salut. 1944-1946

DE VIGAN
- No et moi

DICKER
- La Vérité sur l'affaire Harry Quebert

DIDEROT
- Supplément au Voyage de Bougainville

DUMAS
- Les Trois Mousquetaires

ÉNARD
- Parlez-leur de batailles, de rois et d'éléphants

FERRARI
- Le Sermon sur la chute de Rome

FLAUBERT
- Madame Bovary

FRANK
- Journal d'Anne Frank

FRED VARGAS
- Pars vite et reviens tard

GARY
- La Vie devant soi

GAUDÉ
- La Mort du roi Tsongor
- Le Soleil des Scorta

GAUTIER
- La Morte amoureuse
- Le Capitaine Fracasse

GAVALDA
- 35 kilos d'espoir

GIDE
- Les Faux-Monnayeurs

GIONO
- Le Grand Troupeau
- Le Hussard sur le toit

GIRAUDOUX
- La guerre de Troie n'aura pas lieu

GOLDING
- Sa Majesté des Mouches

GRIMBERT
- Un secret

HEMINGWAY
- Le Vieil Homme et la Mer

HESSEL
- Indignez-vous !

HOMÈRE
- L'Odyssée

HUGO
- Le Dernier Jour d'un condamné
- Les Misérables
- Notre-Dame de Paris

HUXLEY
- Le Meilleur des mondes

IONESCO
- Rhinocéros
- La Cantatrice chauve

JARY
- Ubu roi

JENNI
- L'Art français de la guerre

JOFFO
- Un sac de billes

KAFKA
- La Métamorphose

KEROUAC
- Sur la route

KESSEL
- Le Lion

LARSSON
- Millenium I. Les hommes qui n'aimaient pas les femmes

LE CLÉZIO
- Mondo

LEVI
- Si c'est un homme

LEVY
- Et si c'était vrai…

MAALOUF
- Léon l'Africain

MALRAUX
• La Condition
  humaine

MARIVAUX
• La Double
  Inconstance
• Le Jeu de l'amour
  et du hasard

MARTINEZ
• Du domaine
  des murmures

MAUPASSANT
• Boule de suif
• Le Horla
• Une vie

MAURIAC
• Le Nœud
  de vipères

MAURIAC
• Le Sagouin

MÉRIMÉE
• Tamango
• Colomba

MERLE
• La mort est
  mon métier

MOLIÈRE
• Le Misanthrope
• L'Avare
• Le Bourgeois
  gentilhomme

MONTAIGNE
• Essais

MORPURGO
• Le Roi Arthur

MUSSET
• Lorenzaccio

MUSSO
• Que serais-je
  sans toi ?

NOTHOMB
• Stupeur et
  Tremblements

ORWELL
• La Ferme
  des animaux
• 1984

PAGNOL
• La Gloire de
  mon père

PANCOL
• Les Yeux jaunes
  des crocodiles

PASCAL
• Pensées

PENNAC
• Au bonheur
  des ogres

POE
• La Chute de la
  maison Usher

PROUST
• Du côté de
  chez Swann

QUENEAU
• Zazie dans
  le métro

QUIGNARD
• Tous les matins
  du monde

RABELAIS
• Gargantua

RACINE
• Andromaque
• Britannicus
• Phèdre

ROUSSEAU
• Confessions

ROSTAND
• Cyrano de
  Bergerac

ROWLING
• Harry Potter à
  l'école des sor-
  ciers

SAINT-EXUPÉRY
• Le Petit Prince
• Vol de nuit

SARTRE
• Huis clos
• La Nausée
• Les Mouches

SCHLINK
• Le Liseur

SCHMITT
- La Part de l'autre
- Oscar et la
  Dame rose

SEPULVEDA
- Le Vieux qui
  lisait des romans
  d'amour

SHAKESPEARE
- Roméo et Juliette

SIMENON
- Le Chien jaune

STEEMAN
- L'Assassin
  habite au 21

STEINBECK
- Des souris et
  des hommes

STENDHAL
- Le Rouge et
  le Noir

STEVENSON
- L'Île au trésor

SÜSKIND
- Le Parfum

TOLSTOÏ
- Anna Karénine

TOURNIER
- Vendredi ou
  la Vie sauvage

TOUSSAINT
- Fuir

UHLMAN
- L'Ami retrouvé

VERNE
- Le Tour
  du monde
  en 80 jours
- Vingt mille
  lieues sous
  les mers
- Voyage au
  centre de
  la terre

VIAN
- L'Écume des jours

VOLTAIRE
- Candide

WELLS
- La Guerre des
  mondes

YOURCENAR
- Mémoires
  d'Hadrien

ZOLA
- Au bonheur
  des dames
- L'Assommoir
- Germinal

ZWEIG
- Le Joueur
  d'échecs

www.lepetitlitteraire.fr

ISBN version numérique : 978-2-8062-9677-1
ISBN version papier : 978-2-8062-9678-8
Dépôt légal : D/2017/12603/231

Avec la collaboration de Johanna Biehler pour les chapitres « Genèse du roman », « Le symbole du loup » et « Entre nature et écriture ».

Conception numérique : Primento,
le partenaire numérique des éditeurs.

Ce titre a été réalisé avec le soutien de la Fédération Wallonie-Bruxelles, Service général des Lettres et du Livre.